헤르만 헤세 시집

헤르만 헤세 시집

헤르만 헤세 시 · 그림
송영택 옮김

문예출판사

차 례

젊은 날의 시집

고독한 사람의 음악

밤의 위안

젊은 날의 시집

Jugendgedichte

마을의 저녁

Dorfabend

양 떼를 몰고 목동이
호젓한 골목길로 들어선다.
집들은 잠이 오는 듯
어리마리 벌써 졸고 있다.

나는 이 마을에서, 지금
단 하나의 이방인.
슬픔으로 하여 나의 마음은
그리움의 잔을 남김없이 마신다.

길을 따라 어디로 가든
집집마다 아궁이에 불은 타고 있었다.
오직 나만이
고향을, 조국을 느껴보지 못했다.

Gehöft am Melchenbühlweg bei Bern (1917)

들을 지나서

Über die Felder

하늘 위로 구름이 흐르고
들을 지나서 바람이 가고
들을 지나서 헤매어 가는
우리 어머니의 영락한 아들.

머리 위로 낙엽이 날고
가지 위에는 새가 우짖고 —
나의 고향은 어디에 있나
산 너머 저 먼 곳인가.

두 골짜기에서

Aus zwei Tälern

종이 울린다.
멀리 골짜기에서
새로운 무덤을
알리며.

동시에
다른 골짜기에서
바람에 실려
류트 소리가 들려온다.

방랑하는 나에게는
노래와 만가輓歌가
동시에 들리는 게
어울리리라.

이 두 소리를 동시에 듣는 이가
나 말고도 또 있을까.

폭풍 속의 이삭

Ähren im Sturm

아, 어쩌면 이리도 어둑어둑하게 폭풍이 몰아치는가.
우리들은 두려움에 떨며, 짓눌려서
무서운 바람 앞에 몸을 굽히고
한밤을 뜬 채로 새운다.

내일에도 우리가 살아 있다면
아, 하늘은 어떻게 밝아 올까.
따뜻한 바람과 양 떼의 방울 소리가
얼마나 행복하게 우리들의 머리 위에 물결칠까.

나는 별이다

Ich bin ein Stern

나는 먼 지평선에 홀로 떠 있는 별이다.
그것은 세상을 살펴보며, 세상을 경멸하다가
스스로의 격정에 못 이겨 불타버리고 만다.

나는 밤중에 폭풍우가 몰아치는 바다다.
묵은 죄에서 벗어나려고 몸부림치는 바다,
그러면서 새로운 죄를 쌓아가는 바다이다.

나는 당신들의 세계에서 추방되었다.
자존심 하나로 자랐고, 자존심 때문에 속았다.
나는 국토가 없는 왕이다.

나는 침묵하는 정열이다.

세간이 없는 집에서, 살육이 없는 전쟁에서,

나의 타고난 기력이 쇠약해진다.

한 점 구름

Die leise Wolke

파란 하늘에, 가늘고 하얀
보드랍고 가벼운
구름이 흐른다.
눈을 드리우고 느껴 보아라,
하얗게 서늘한 저 구름이
너의 푸른 꿈속을 지나는 것을.

날아가는 낙엽

Das treibende Blätter

마른 나뭇잎 하나가
바람에 실려 내 앞을 날아간다.
방랑도 젊음도 그리고 사랑도
알맞은 시기와 종말이 있다.

저 잎은 궤도도 없이
바람이 부는 대로 날아만 가서
숲이나 시궁창에서 간신히 멈춘다.
나의 여로는 어디서 끝날까.

Gartenansicht des Hesse-Hauses am Berner
Melchenbühlweg 26 (1918)

높은 산속의 저녁

Hochgebirgsabend

— 어머니에게

행복한 하루였습니다. 알프스가 빨갛게 타고 있습니다.
이 빛나는 광경을 지금 당신에게 보이고 싶습니다.
말없이 당신과 함께, 이 더없는 기쁨 앞에 가만히 서 있고 싶습니다.
그런데 당신은 왜 돌아가셨습니까.

골짜기에서 이마에 구름이 낀 밤이 엄숙하게 솟아올라
서서히 절벽과 목장과 묵은 눈의 빛을 지워 갑니다.
나는 그것을 바라보고 있습니다.
그러나 당신 없이는 시들합니다.

주위는 아득히 어둠과 고요.
나의 마음도 따라 어두워지고 서러워집니다.
지금 내 곁을 사뿐한 발자국 소리 같은 것이 지나갑니다.
"애야, 엄마다. 벌써 나를 몰라보겠니.

밝은 대낮은 혼자서 즐겨라.
그러나 별도 없이 밤이 와
갑갑하고 불안한 너의 영혼이 나를 찾을 땐
언제나 너의 곁에 와 있으마."

안개 속에서

Im Nebel

안개 속을 거닐면 참으로 이상하다.
덤불과 돌은 모두 외롭고
수목들도 서로가 보이지 않는다.
모두가 다 혼자이다.

나의 생활이 아직도 밝던 때엔
세상은 친구로 가득하였다.
그러나, 지금 안개가 내리니
누구 한 사람 보이지 않는다.

모든 것에서, 어쩔 수 없이
인간을 가만히 격리하는
어둠을 전혀 모르는 사람은
정말 현명하다 할 수가 없다.

안개 속을 거닐면 참으로 이상하다.
살아 있다는 것은 고독하다는 것.
사람들은 서로를 알지 못한다.
모두가 다 혼자이다.

사라져 가는 청춘

Jugendflucht

지친 여름이 고개를 드리우고
호수에 비친 그의 퇴색한 모습을 들여다본다.
피곤에 지친 나는 먼지에 싸여
가로수 그늘을 거닐고 있다.

포플러 사이로, 있는 듯 없는 듯 바람이 지나간다.
내 뒤에는 빨갛게 하늘이 타오르고
앞에는 밤의 불안이
— 어스름이 — 죽음이.

지쳐, 먼지에 싸여 나는 걷는다.
그러나 청춘은 머뭇머뭇 뒤에 처져서
고운 머리를 갸웃거리고
나와 함께 앞으로 더 가려 하지 않는다.

Im Gebirge (1917)

엘리자베트
Elisabeth

I

당신의 이마에, 입 언저리에, 하얀 손등에
보드랍고 감미로운 봄날이
플로렌스의 옛 그림에서 본
나긋한 매력이 감돌고 있습니다.

언젠가 옛날에 살았던 당신
나긋나긋 가냘픈 5월의 모습.
꽃으로 덮인 봄의 여신으로
보티첼리가 그렸습니다.

당신도 또한, 인사 한 번에
젊은 단테의 넋을 앗아 간 사람.
그리고 절로, 당신의 발은
낙원에 이르는 길을 알고 있습니다.

Ⅱ

이야기해야만 합니까,
밤이 이미 깊었습니다.
나를 괴롭히렵니까,
아름다운 엘리자베트.

내가 시로 쓰고
당신이 노래할
나의 사랑의 이야기는
오늘 이 저녁과 당신입니다.

방해하지 마십시오,
운韻이 흩어집니다.
머잖아 당신은 듣게 되리다,
들어도 이해 못할 나의 노래를.

Ⅲ

높은 하늘의
하얀 구름처럼
엘리자베트, 당신은
순결하고 곱고 멀리에 있습니다.

구름은 흘러 헤매는데
당신은 언제나 무심할 따름.
그러나 어두운 깊은 밤중에
구름은 당신 꿈을 스쳐갑니다.

스쳐간 구름이 은처럼 빛나기에
그 후론 언제나
하얀 구름에
당신은 감미로운 향수鄕愁를 느낍니다.

Ⅳ

이렇게 말해도 좋겠습니까,
당신은 예쁜 내 누이 같다고. 그리고
당신은 내 마음속에서
은은한 행복과 환락의 욕망을 기묘하게 융화시킨다고.

우리는 둘 다
멀리서 온 나그네라고.
우리 둘은 밤이 내리면, 이내
같은 애절한 향수에 괴로워한다고.

초여름의 밤

Frühsommernacht

천둥이 울린다.

정원의 보리수도

몸을 떤다.

날은 벌써 저물었다.

커다란 젖은 눈으로

한줄기 번갯불이

연못에 비친 자신의

창백한 모습을 들여다본다.

나달거리는 줄기 위에 앉은

꽃은

바람결에

낫 가는 소리를 듣는다.

천둥이 울린다.

무더운 훈기가 지나간다.

나의 소녀도 몸을 떤다—

"당신도 무서우세요, 네?"

Landschaft mit Telegraphenmast (1919)

밤에

Zunachten

습하고 미지근한 바람이 흐른다.
밤새들이 푸덕거리며
갈대를 스치는 소리가 들린다.
그리고 먼 마을에서 어부의 노래가.

있지도 아니한 시대부터
서러운 전설이
가시지 않는 괴로움의 탄식이 비롯되었다.
밤늦게 이를 듣는 사람은 서러우리라.

얼마든지 탄식하고 나달거려라.
곳곳마다 세상은 괴로움에 무겁다.
우리들은 조용히 새소리나 듣자
마음에서 흘러오는 노랫소리도.

취소

Rücknahme

너를 사랑한다고는 하지 않았다.

손을 잡아 달라고

용서해 달라고만- 했을 뿐.

나와 비슷하다고

나처럼 젊고 선량하다고, 너를 그렇게 여겼다.

너를 사랑한다고는 하지 않았다.

그때

Die Stunde

아직 여유가 있었다. 나는 돌아올 수 있었다.
그랬으면 아무 일도 없었을 것을.
그날 이전처럼 모든 것이
맑고 한 점의 티도 없었을 것을.

어쩔 수 없었다. 때는 왔다.
짧고 답답하게 와서
총총걸음으로 속절없이
청춘의 빛을 모두 걷어가 버렸다.

로자 부인

Lady Rosa

이마에 가득 빛이 감도는
갈색 고운 눈매의, 비단 같은 머리칼의
당신을 저는 잘 압니다.
그러나 당신은 저를 모릅니다.

얼굴이 티 없이 맑은 당신을
외국의 달콤한 고운 노래를
나직이 부르는 상냥한 당신을
저는 사랑합니다. 그러나 당신은 저를 모릅니다.

재회

Das Wiedersehen

해는 벌써 자취를 감추고
어슬한 산 너머로 저물어 갔다.
낙엽에 덮인 길과 또 벤치가 놓여 있는
누런 공원에 불어오는 찬바람.
그때 나는 너를 보고, 너도 나를 보았다.
너는 조용히 검은 말을 타고 와
낙엽을 밟으며 찬바람 속을
조용히 장중히 성으로 돌아갔다.

참으로 서러운 재회였다.
너는 창백하게 서서히 사라지고
나는 높은 울타리에 기대고 있었다.
날은 저물고, 둘은 한마디도 말을 하지 않았다.

8월

August

말할 수 없이 아름다운 여름의 하루였다.
그것은 지금, 조용한 집 앞에서
꽃향기와 감미로운 새소리 속에서
되찾을 수 없이 은은히 울려 퍼진다.

여름은 지금, 붉게 타오르는 놀 속으로
가득 찬 그의 술잔에서
넘칠 듯 금빛 샘물을 부어 넣어
그의 마지막 밤을 말없이 드높인다.

Herbsttag bei Caslano (1920)

노래책을 가지고

Mit einem Liederheft

너는 몸을 굽히고
나비로 맨 리본을 푼다.
하여 나의 노래는
비단 같은 네 무릎에 안긴다.

지나간 날의
갖가지 잘못이, 지금
놀라워하는 네 마음에 떠오른다.
그러나 나는 멀리 떠나고 없다.

편지

Der Brief

하늬바람이 분다.

보리수가 몹시도 신음한다.

가지 사이로

달빛이 방으로 흘러든다.

나를 버리고 간

애인에게 보낼 긴 편지를

이제 막 끝냈다.

달이 편지를 비춘다.

아로새긴 사연을 더듬어 가는

고요한 달빛을 보면

자꾸만 울음이 솟아나

잠도 달도 밤의 기도도 잊어 버린다.

기도

Gebet

당신의 얼굴 앞에 서면
당신이 나를 조금도 살펴주지 않았다는 것을
달랠 수 없는 슬픔을 안고
고아처럼 적적히 거리를 헤매던 것을 생각합니다.

그리고 가난과 견딜 수 없는 향수에 떨며
어린애처럼 당신의 손을 찾았을 때
당신이 나에게 오른손을 거절한
그 무섭고 어둡던 밤들을 생각합니다.

그리고 어린애가, 날마다 당신에게로
어머니에게로 돌아가던 시절을
나에게 기도를 가르쳐 준 어머니를 생각합니다.
나는 당신보다 어머니에게 더 감사를 해야 합니다.

어머니의 정원에

Im Garten meiner Mutter steht

어머니의 정원에, 한 그루
흰 자작나무가 서 있다.
잎 사이로 미풍이
소리도 없이 가볍게 지나간다.

어머니는 서럽게
이리저리 오솔길을 거닐며
알 수 없는, 내가 있는 곳을
생각 속에 더듬는다.

굴욕과 곤경 속에서
무언가 채무 같은 것이 나를 몰아친다.
어머니, 참아 주세요,
저를 죽고 없다고 여겨 주세요.

Brücke (1919)

어머니에게*

Meiner Mutter

이야기할 것이 참 많았습니다.
너무나 오랫동안 저는 객지에 있었습니다.
그러나 저를 가장 잘 이해해 준 분은
언제나 당신이었습니다.

오래전부터 당신에게 드리려던
나의 최초의 선물을
수줍은 어린아이 손에 쥔 지금
당신은 눈을 감고 말았습니다.

그러나 이것을 읽고 있으면
이상하게도 슬픔이 씻기는 듯합니다.
말할 수 없이 너그러운 당신이, 천 가닥의 실로
저를 둘러싸고 있기 때문입니다.

* 첫 시집에 수록된, 어머니에게 바치는 시.

꿈

Traum

언제나 꼭 같은 꿈이다.
빨간 꽃이 피어 있는 밤나무
여름 꽃이 만발한 정원
그 앞에 적적히 서 있는 오래된 집.

거기, 고요한 정원에서
어머니가 나를 잠재워 주셨다.
아마도 오랜 이전에
집도 정원도 나무도 없어졌을 것이다.

지금은 그 위로 한 가닥의 풀밭 길과
호미와 가래가 지나갈 것이다.
고향과 정원과 집과 나무를
이제는 꿈에서만 볼 수가 있다.

나는 속였다

Ich log

나는 속였다. 나는 늙지 않았다.
인생에도 아직 지치지 않았다.
아름다운 여자의 모습은 모두
맥박과 가슴을 뛰놀게 한다.

나는 꿈에서 본다.
정열에 넘치는 벌거숭이 계집들을.
좋은 계집과 나쁜 계집을, 흥분한 왈츠의 흥겨운 박자를
사랑을 속삭이던 많은 밤들을.

성스러운 첫사랑의 애인과 같은
말없이 아름답고 아주 순결한
그런 애인도 꿈에서 본다.
그녀를 위하여 울 수도 있다.

사랑하는 사람에게

Meiner Liebe

I

나의 어깨에
괴로운 머리를 얹으십시오.
말없이 눈물의 달고 서럽게 지친 앙금을
남김없이 맛보십시오.

이 눈물을
목말라 안타깝게
보람도 없이
그리워할 날이 올 것입니다.

II

나의 머리에
그 손을 얹으십시오. 나의 머리는 무겁습니다.
나의 청춘이었던 것을
당신은 나에게서 앗아 갔습니다.

한없이 아름답게만 여겨지던
화사한 청춘과 기쁨의 샘은
되찾을 수 없이 사라져 가고
슬픔과 노여움이 남았습니다.

거칠게 열을 띠며
지나간 사랑의 갖가지 기쁨이
잠자지 않는 나의 꿈을 스치다가
상처를 입은 그 끝없는 밤들.

드물게 휴식할 때만은, 나의 청춘이
수줍은 창백한 손님처럼
나에게로 다가와서 신음해
나의 마음을 무겁게 합니다.

나의 머리에

그 손을 얹으십시오. 나의 머리는 무겁습니다.

나의 청춘이었던 것을

당신은 나에게서 앗아 갔습니다.

나는 사랑한다

Ich liebe Frauen

천 년이나 전에 시인들이 사랑하고 노래한
그런 여인들을 사랑한다.

황량한 성벽이 옛날의 왕족을 서러워하는
그런 도시를 사랑한다.

지금 살고 있는 사람이 다 없어질 때 되살아나는
그런 도시를 사랑한다.

태어나지 않고 세월의 품속에서 쉬고 있는
날씬하고 고운 여인들을 사랑한다.

언젠가는 별 같은 그녀들의 아름다움이
내 꿈의 아름다움과 같아지리라.

피에솔레

Fiesole

머리 위 푸른 하늘을 떠가는 구름이
고향으로 가라고 한다.

고향으로, 이름 모를 먼 곳으로
평화와 별의 나라로.

고향이여, 너의 파란 맑은 해안을
아무래도 볼 수가 없단 말인가.

그러나 이곳 남국南國의 가까이에
너의 해안이 있을 것만 같구나.

Stuhl mit Büchern (1921)

라벤나

Ravenna

I

나도 라벤나에 간 적이 있다.
자그마하고 텅 빈 이 도시에
책에서 읽을 수 있는
많은 교회와 폐허들이 있다.

지나와서 돌아보면
거리마다 아주 음침하고 습기에 차 있다.
천년 세월은 말이 없고
곳곳에 이끼와 풀이 자라고 있다.

마치 옛날의 노래와 같다—
듣고도 웃는 사람 하나 없고
듣고 나서 누구나 밤늦게까지
곰곰이 생각하는 그런 노래와.

Ⅱ

라벤나의 여인들은
눈매가 깊숙하고 몸짓이 상냥하다.
그리고 이 오래된 도시와 그 성벽의 옛일을
잘 알고 있다.

라벤나의 여인들은
순한 어린아이처럼 운다, 깊이, 나직이.
그녀들의 웃음은
밝은 곡조의 서러운 가사를 연상시킨다.

라벤나의 여인들은
어린아이들처럼 기도한다, 극진히, 만족스럽게.
사랑의 말을 소곤거리지만
거짓말인 줄을 자신이 모른다.

라벤나의 여인들은

드물게, 깊이, 마음을 다하여 키스한다.

그러나 인생에 대해서는

한 번은 죽는다는 것밖에 모른다.

북국北國에서

Im Norden

꿈에서 본 것을 이야기하랴?
잔잔히 햇볕을 받아 반짝이는 언덕 위에
어둑한 수목의 숲과
노란 바위와 하얀 별장.

골짜기에는 도시가 하나.
하얀 대리석 교회들이 있는 도시는
나를 향하여 반짝거린다.
그것은 플로렌스라는 곳.

그곳, 좁은 골목에 둘러싸인
오래된 어느 정원에
내가 두고 온 행복이
아직도 나를 기다리고 있으리.

적적한 밤

Einsame Nacht

나의 형제인 너희들
멀리, 가까이에 있는 불쌍한 사람들이여
별의 세계에서
괴로움의 위안을 꿈꾸는 너희들이여
파랗게 별이 빛나는 밤하늘을 향해
참고 견딤을 아는 사람의
야윈 손을 모으는 너희들이여
잠자지 않고 괴로워하는 너희들이여
불쌍한, 방황하는 벗들이여
별도 행복도 없는 뱃사람이여—
낯설지만, 나와 같은 사람들이여
나의 인사에 답하여 다오.

깊은 밤거리에서

Spät auf der Straße

어둠을 헤치고, 젖은 포석 위에
가로등이 비치고 있다.
이 늦은 시간에도 잠들지 않은 것은
가난과 악덕뿐이다.

잠들지 않은 너희들에게 나는 인사를 보낸다.
가난과 고뇌 속에 누워 있는 너희들에게
어런더런 웃고 있는 너희들에게
모두 나의 형제인 너희들에게.

Blick auf Breganzona (1922)

흰 구름

Weiße Wolken

아, 보라. 잊어버린 아름다운 노래의
나직한 멜로디처럼
구름은 다시
푸른 하늘 멀리로 떠간다.

긴 여로에서
방랑의 기쁨과 슬픔을 모두
스스로 체험하지 못한 사람은
구름을 이해할 수 없는 법이다.

해나 바다나 바람과 같은
하얀 것, 정처 없는 것들을 나는 사랑한다,
고향이 없는 사람에게는
그것이 누이들이며 천사이기 때문에.

그는 어둠 속을 걸었다

Er ging im Dunkel

검은 수목들의 쌓인 그림자가 꿈을 식혀 주는
어둠 속을 그는 즐겨 걸었다.

그러나 그의 가슴은 빛을 향한 타오르는 욕망으로
괴로워하고 있었다.

머리 위에, 맑은 은빛 별들이 가득한
갠 하늘이 있다는 것을 그는 몰랐다.

고독한 사람의 음악

Musik des Einsamen

꽃핀 가지

Der Blütenzweig

쉼 없이 바람결에
꽃핀 가지가 나달거린다.
쉼 없이 아이처럼
나의 마음이 흔들린다.
갠 나날과 흐린 날 사이를
욕망과 단념 사이를.

꽃잎이 모두 바람에 날려 가고
가지에 열매가 열릴 때까지.
치졸한 거동에 지친 내 마음이
차분히 평온에 싸여
인생의 소란한 놀이도 즐거웠고
헛되지 않았다고 말할 때까지.

Weg im Weinberg (1922)

여름 저녁

Sommerabend

클로버의 취하는 듯한 짙은 향기에 손을 멈추고
풀 베는 사람이 노래를 부른다.
아, 너는 묵은 슬픔을
다시 일깨워 주는구나.

민요와 동요들이 나직이
저녁 바람을 타고 하늘로 사라진다.
다 아문 잊은 슬픔들이
다시 나를 괴롭힌다.

늦저녁의 구름이 곱게 떠간다.
들은 따뜻이 멀리 숨을 쉬고…
사라진 청춘의 나날이여
오늘도 아직 나에게 볼일이 있는가.

조락 凋落

Absterben

아이들이 노는 것을 보고
그 놀이를 이해하지 못하고
그 웃음이 서름하고 바보처럼 들린다면
아, 그것은 영원히 먼 곳에 있다고 여긴
사악한 적의 경고로는
이제 그치지 않으리라.

연애하는 사람들을 보고도
천국에의 동경을 느끼지 못하고
흐뭇하게 여기고만 걸어간다면
영원을 청춘에게 약속한
마음속 가장 깊은 곳에 있는 시를
아, 조용히 포기하는 것이다.

욕을 듣고도 분개하지 않고
못 들은 척 태연히 있다면
아, 그때는 마음속에서
조용히 아픔도 없이
갑자기
성스러운 빛이 꺼지는 것이다.

추방된 사람

Der Ausgestoßene

구름은 서로 얽히고
소나무는 폭풍에 굽고
빨갛게 타는 저녁노을.
산에도 나무에도
괴로운 꿈처럼
하느님의 손이 무겁게 놓여 있다.

축복 없는 세월
길마다 부는 폭풍
고향은 아무 데도 없고
혼미와 과오가 있을 뿐.
나의 영혼에 무겁게
하느님의 손이 놓여 있다.

모든 죄에서
암흑의 나락에서 벗어날
오직 하나의 소원은
드디어 안식을 얻어
다시 돌아오지 않을
무덤으로 가는 것.

흰 장미

Weiße Rose in der Dämmerung

너는 죽음에 봄을 맡긴 채
이파리 위에 서럽게 얼굴을 괴고
유령 같은 빛을 숨 쉬며
창백한 꿈을 띠고 있다.

그러나 노래처럼
마지막 가냘픈 빛을 띠고
아직도 하룻밤을
상긋한 네 향기가 방 안에 밴다.

너의 어린 영혼은 불안스럽게
이름 없는 것을 얻으려 애쓰다가
나의 가슴에서 웃으며 죽는다.
나의 누이인 흰 장미여.

Rebgarten im Dorf (1922)

변화

Wende

이제는 나를 위하여 꽃은 피지 않는다.
바람도 새소리도 나를 부르지 않는다.
좁아진 나의 길을 걸어간다.
같이 갈 친구 하나 없다.

나의 청춘의 고향이었던
훈훈한 골짜기를 건너다 보는 것도
나에게는 이제 위험하고
쓰린 괴로움이다.

향수의 격정을 달래 보려고
그곳으로 다시 한번 내려간다면
어디서나 그렇듯이 거기에도
나의 길가에 죽음이 서 있을 것이다.

때때로

Manchmal

때때로 한 마리의 새가 울든가
한 가닥의 바람이 가지를 스칠 때
또는 먼 농가에서 개가 짖을 때
나는 오랫동안 가만히 귀를 기울인다.

해와 불어오는 바람이
나를 닮고 나의 형제였던
아득히 먼 옛날로
나의 영혼은 되돌아간다.

나의 영혼은 수목이 되고
짐승이 되고, 떠도는 구름이 된다.
변한 모습으로 낯설게 돌아와서 나에게 묻는다.
나는 무어라고 대답해야 좋을까.

저녁의 대화

Abendgespräch

흐린 들판에 꿈을 꾸는 듯 무엇을 보십니까.
고운 당신의 손아귀에 마음을 바쳤습니다.
말하지 않은 행복에 내 마음은 가득합니다.
이처럼 뜨겁게 — 당신은 이것을 느끼지 않습니까.

쌀쌀한 미소로 당신은 그것을 부정하였습니다.
은연한 아픔이… 내 마음은 침묵합니다. 싸늘하게 식어 버린 것입니다.

신음하는 바람처럼

Wie der stöhnende Wind

신음하는 바람이 밤을 불듯이
나의 갈망이 너에게로 날아간다.
갖가지 그리움이 깬다.
아, 나를 이처럼 병들게 한
너는 나의 무엇을 알고 있는가.
밤늦은 불을 조용히 끄고
열에 뜬 몇 시간을 눈뜨고 있다.
밤은 어느덧 네 얼굴이 되고
사랑을 속삭이는 바람 소리는
잊을 수 없는 네 웃음이 된다.

Biogno (1922)

맨 먼저 핀 꽃

Die ersten Blumen

시냇가에

요 며칠 사이

빨간 수양버들에 이어

수없이 많은 노란 꽃이

황금빛 눈을 크게 떴다.

그리고 오래전에 순진함을 잃은 나의 속 깊숙이에서

추억이

내 생애의 황금빛 아침 시간을 휘젓고

꽃의 눈으로 환하게 나를 바라보고 있다.

다가가서 꺾고 싶었지만

그것들 모두 그냥 그대로 두고

한 늙은이, 나는 집으로 돌아간다.

청춘의 꽃밭

Jugendgarten

나의 청춘은 꽃밭의 나라였다.
풀밭에는 은 같은 샘물이 솟아 나오고
고목들의 동화 같은 푸른 그늘이
대담한 내 꿈의 격정을 식혀 주었다.

목말라 허덕이며 뜨거운 길을 간다.
청춘의 나라는 이제 닫혀 있다.
나의 방황을 비웃기나 하듯
담 너머로 장미가 고개를 까닥인다.

나의 서늘한 꽃밭의 속삭임이
노래하며 점점 멀어 가는데
그때보다 더 곱게 울리는 것을
마음 깊이 귀 기울이지 않을 수 없다.

미인

Die Schöne

노리개를 얻은 어린아이가
그것을 바라보고 품고 하다가 망가뜨리고
내일이면 벌써 준 사람을 까맣게 잊듯이
너도 네게 준 내 마음을
귀여운 노리개를 그렇게 하듯 작은 손으로 만지작거리며
그것이 떨며 괴로워하는 것을 보지도 않는다.

너를 잃고

Ohne dich

밤의 묘비처럼 멍하게
베개가 나를 쳐다본다.
혼자 있는 것이
너의 머리카락 속에서 잠들 수 없는 것이
이리도 괴로울 줄이야.

호젓한 집에 혼자 누워 있다.
현등을 끄고
너의 손을 쥐려고
살며시 손을 내민다.
뜨거운 입술을 네게다 대고
마구 키스를 한다 —
언뜻 잠을 깬다.
쌀쌀한 밤이 말없이 둘러싸고
창에는 별이 밝게 반짝이고 있다.

아, 너의 금발은 어디에 있는가
달콤한 네 입술은 어디에 있는가.

이제는 어떤 기쁨에서나 슬픔을 마시고
어떤 술에서나 독을 마신다.
혼자 있는 것이
너를 잃고 혼자 있는 것이
이리도 괴로울 줄이야.

밤
Nacht

촛불을 꺼 버렸다.
열린 창으로 밤이 흘러들어 와
살며시 나를 안고
나를 벗으로, 형제로 삼는다.

우리 둘은 같은 향수를 앓고 있다.
불길한 꿈들은 밖으로 내보내고
소곤소곤, 아버지의 집에서 살던
옛날을 이야기한다.

Noranco (1922)

예술가

Der Künstler

몇 년 동안이나 정열을 기울여 내가 만든 것이
소란한 시장에 진열되어 있다.
홍겨운 사람들은 그냥 스쳐가면서
웃고, 칭찬하고, 좋다고 한다.

그들이 웃으며 머리에 씌워 주는
이 홍겨운 월계관이
내 생명의 힘과 빛을 다 삼켜 버린 것을
나의 희생이 헛되었음을, 아는 사람은 하나도 없다.

목표를 향하여

Dem Ziel entgegen

언제나 나는 목표도 없이 걸었다.
쉬고 싶은 생각은 조금도 없었다.
나의 길은 끝 간 데가 없는 듯했다.

드디어 나는, 한자리에서 맴돌고 있음을 알고
방랑에 지쳐 버렸다.
그날이 바로 내 삶의 전환기였다.

주저하면서 나는 지금 목표를 향하여 걷고 있다.
내가 가는 길마다 죽음이 서서
손을 내밀고 있음을 알기 때문에.

향연이 끝난 후

Nach dem Fest

식탁에서 포도주가 흘러내리고
촛불은 점점 흐릿하게 너붓거린다.
또 하나의 향연이 끝났다.
나는 다시 혼자가 된다.

고요해진 방 안의 촛불을
하나하나 서럽게 꺼 나간다.
정원의 바람만이 근심스럽게
검은 수목들과 소곤거리고 있다.

아, 피로한 눈을 감는다는
이 위안마저 없었다면…
언젠가 다시 눈뜨고 싶은
그런 생각은 아예 없다.

완쾌

Genesung

오랫동안 나의 눈은 지쳐 있었고
도시의 연기에 시달려 침침해졌다.
지금 나는 덜덜 떨며 눈을 뜬다.
모든 나무가 축제를 열고, 정원마다 활짝 꽃이 피었다.

옛날에 어릴 적에 내가 본 것처럼
평화로운 먼 풍경에 천사들이 하얀 날개를 펴고
하느님의 눈이 파랗게 가까이 있는 것을, 나는
다시 한번 흡족한 마음으로 바라본다.

알프스의 고개

Alpenpaß

많은 골짜기를 지나 왔다.
바라는 목적지는 없다.

내려다보는 먼 땅 끝에
이탈리아가, 내 청춘의 나라가 보인다.

그러나 북쪽에서, 내가 집을 지었던
싸늘한 나라가 나를 바라본다.

나는 야릇한 슬픔을 안고, 조용히
남쪽, 내 청춘의 정원을 바라보며

나의 방랑이 끝난 북쪽 나라에
인사를 하며 모자를 흔든다.

뜨거운 생각이 가슴속을 지나간다,

아, 나의 고향은 아무 데도 없구나.

나비

Der Schmetterling

몹시 상심하고 있을 때였다.
들을 지나다가
한 마리의 나비를 보았다.
순백색과 진홍색으로 얼룩진 나비가
푸른 바람 속에 하늘거리고 있었다.

아, 나비여
세상이 아직 아침처럼 맑고
하늘이 무척 가까이에 있던 어린 시절에
아름다운 날개를 팔랑거리는
너를 본 것이 마지막이었다.

바람처럼 가벼이 팔랑거리는
하늘에서 온 아름다운 나비여.
너의 아늑한 성스러운 빛 앞에서

수줍음에 싸여, 이리도 서름하게
스스러운 눈초리로 나는 서 있어야 한다.

순백색과 진홍색으로 얼룩진 나비는
바람에 실려서 들로 날아갔다.
꿈을 꾸는 듯 걸음을 옮기자, 나에게
천국에서 새어 나온 한 가닥의
잔잔한 빛이 남아 있었다.

San Mamette (1924)

어린 시절

Die Kindheit

너는 요원한 나의 골짜기
마술에 걸려 갈앉은 골짜기
내가 고난 속에서 허덕일 때, 너는 때때로
너의 그늘 나라에서 손짓을 하며
동화 같은 눈을 살며시 떴었다.
그러면 나는 환상에 도취하여
너에게로 돌아가 정신을 잃었다.

아, 암흑의 문이여
어둑한 죽음의 시간이여
나에게로 오라, 내가 힘을 되찾아
이 삶의 공허에서 내 꿈의 품으로 돌아가도록.

여행의 비결

Reisekunst

목표도 없이 떠도는 것은 젊은 날의 즐거움이다.
젊은 날과 함께 그 즐거움도 나에게서 사라지고 말았다.
그때부터 목표나 의지를 의식하게 되면
나는 그곳에서 떨어지고 말았다.

목표만을 좇는 눈은
떠도는 재미를 알지 못하고
여로마다 기다리고 있는
숲과 강과 갖가지 장관도 보지 못한다.

나는 떠도는 비결을 계속 배워 나가야 한다.
순간의 순수한 빛이
동경의 별 앞에서도 바래지지 않도록.

여행의 비결은 이것이다.

세계의 행렬에서 함께 몸을 숨기고

휴식 때도 사랑하는 먼 곳으로 가는 도중에 있다는 것.

가을날

Herbsttag

숲 언저리는 금빛으로 타고 있다.
아리따운 그녀와 여러 번
나란히 함께 걷던 이 길을
나는 지금 혼자서 걸어간다.

이런 화창한 나날에는
오랫동안 품고 있던 행복과 고뇌가
향기 짙은 먼 풍경 속으로
아득히 녹아들어 간다.

풀을 태우는 연기 속에서
농부의 아이들이 껑충거린다.
나도 그 아이들처럼
노래를 시작한다.

소년들의 5월의 노래

Mailied der Knaben

소녀들은
금빛 울타리로 둘러싸인
아름다운 정원에서 놀 수가 있다.
우리들 사내는 울타리에 기대어
부러운 듯 그것을 엿보고 있다.
그리고 생각한다, 나도 저 안에 들어갈 수 있다면.

이 아름다운 정원에는
환하고 드맑은 빛이 가득 차 있어서
모두가 다 즐겁게 보인다.
그러나 우리들은 기다려야 한다.
자라서 젊은 신사가 될 때까지는
저 안에 들어가선 안 된다니까.

비 오는 나날

Regentage

소심한 눈을 어디로 돌려도
즐비한 회색 벽에 부딪친다.
'햇볕'이란 이제 속 빈 말에 지나지 않다.
벌거숭이 수목들은 젖어 얼어붙었다.
여자들은 외투에 몸을 싸고 걸어간다.
비는 끝없이 좍좍 쏟아진다.

내가 어렸던 옛날에는
하늘이 늘 파랗게 맑아 있고
구름은 금빛으로 물들어 있었다.
이제 점점 내 나이가 많아지니
모든 빛은 사라지고, 이렇게 비만 온다.
세상 참 많이도 변했다.

Agra (1923)

봄날

Frühlingstag

수풀에는 바람 소리, 또 새소리
드높이 아늑한 푸른 하늘에
의젓이 떠가는 구름 조각배…
금발의 여인을, 어린 시절을
나는 꿈꾼다.
끝없이 푸르고 높은 하늘은
내 동경의 요람.
그 속에 포근히 드러누워
나직이 노래를 흥얼거리며
조용히 생각에 잠겨 든다.
어머니의 품에 안긴
아기처럼.

쉴 사이 없이

Keine Rast

영혼이여, 너 불안한 새여
너는 자꾸만 물어야 한다,
이렇게 많은 격정의 나날 후에
언제 평화가 오는가, 안식이 오는가라고.

아, 나는 알고 있다. 우리들이
땅속에서 조용한 나날을 가지면
이내 새로운 그리움으로 하여
너의 나날은 너의 괴로움이 되는 것을.

그리고 네가 구원되면, 이내
너는 새로운 고뇌에 애를 태우며
가장 어린 별로서
성급하게 공간을 불사를 것임을.

둘 다 같다

Beides gilt mir einerlei

젊은 날에는 하루같이
쾌락을 쫓아다녔다.
그 후에는 몹시 우울해서
괴로움과 쓰라림에 잠겨 있었다.

지금 나에겐 쾌락과 쓰라림이
형제가 되어 배어 있다.
기쁘게 하든 슬프게 하든
둘은 하나가 되어 있다.

하느님이 나를 지옥으로든
태양의 하늘로든 인도한다면
나에게는 둘 다 같은 곳이다,
하느님의 손을 느낄 수만 있다면.

젊은이

Jüngling

아, 어쩌면 하루하루가 이리도 시들해지는가,
냉랭한 무도회처럼.
타올라 반짝이는 날도 없고
불꽃을 튀기는 날도 없다.

내가 어렸을 적엔
시간이 줄달음을 쳐 왔다.
머리에 화관을 쓰고
소녀처럼 가벼이 꽃에 싸여서.

부질없이 내가 하소연하는
행복한 여인이여, 내 병을 고쳐 다오.
그러면 온 나날이 행복에 차고
하늘은 언제나 푸르기만 하리라.

여름밤

Sommernacht

아, 어둑어둑 타오르는 여름밤이여
무더운 정원에서 바이올린이 부르고
연하고도 묘한 곡선을 그리며 불꽃이 피어오른다.
나의 댄스 파트너가 웃는다.

나는 몰래 거기서 빠진다.
꽃피어 있는 나뭇가지가 빛을 잃고 저문다.
아, 모든 기쁨은 이리도 빨리 끝나고
그리움만이 하염없이 타오른다.

내 청춘의 화려한 여름밤 향연이여
너희들은 어디로 사라졌는가.
비록 내가 즐거워할지라도, 모든 춤은
쌀쌀하게 미끄러져 가 버린다, 최상의 것이 빠져 있는 것이다.

아, 어둑어둑 타오르는 여름밤이여
나를 만족시켜, 필경에는 말도 할 수 없게 하는
꿈으로 가득 찬 쾌락의 잔을
다시 한번 남김없이 비우게 해 다오.

Cortivallo (1923)

잠들려 하며

Beim Schlafengehen

하루의 일과에 아주 지쳐 버렸다.
절실한 소원은
지친 어린아이가 그렇게 하듯
다정히 별하늘을 맞아들이는 것.

손이여, 일을 모두 멈추라.
이마여, 생각을 모두 잊어라.
나의 전 감각은 지금
졸음 속에 잠기려 하고 있다.

그리고 영혼은 속박에서 벗어나
밤의 기이한 세계에서 깊이
천배나 살기 위하여
자유로운 날개로 떠오르려 한다.

냉정한 사람들

Harte Menschen

당신들의 눈매는 참으로 냉정합니다.
모든 것을 돌처럼 만들려 합니다.
그 속에는 조그마한 꿈 조각 하나 없고
냉랭한 현실만이 들어 있습니다.
도대체 당신들의 마음속에는
한 줄기의 햇빛도 비치지 않습니까.
당신들은 어린아이였던 적이 없다는 것을
울지 않아도 되겠습니까.

밤의 위안

Trost der Nacht

괴로움을 안고

Um Leide

산바람이 불 때마다
우렁우렁 비명을 지르며
산에서 무너지는 눈사태는
신의 뜻일까.

내가 인사도 없이
인간의 나라를
서먹하게 헤매어야 하는 것은
신의 뜻일까.

걱정과 고뇌를 가득히 안고
떠도는 나를 신은 보실까.
—아, 신은 죽었다.
그래도 나는 살아야 하는가.

위안

Trost

살아온 많은 세월이 가고
아무런 의미도 남기지 않았다.
지니고 있을 아무것도
즐거워할 아무것도.

수많은 모습을
시간의 흐름이 나에게로 실어 왔다.
그것 하나 붙들어 둘 수 없었고
어느 하나 나를 좋아하지 않았다.

그것들이 나에게서 빠져 나가도
내 마음은 시간을 멀리 넘어
깊이, 신비롭게
삶의 정열을 느끼는 것이다.

정열은 의미도 목표도 갖지 않고
먼 가까운 모두를 알며
놀고 있는 아이처럼
순간을 영원한 것으로 만든 것이다.

Roccolo (1924)

엘리자베트

Elisabeth

나는 이제 마음이 차분할 수 없다.
다가올 나날을 그리움 속에
네 모습을 안고 있어야 한다.
참으로 나는 너의 것이다.

너의 눈매는 내 마음속에
예감에 가득 찬 빛을 지폈다. 하여
언제나 그것이 내게 이른다,
나는 너의 단 한 사람임을.

그러나 지극한 나의 사랑을
순결한 너는 조금도 모르고, 내가 없이도
기쁨 속에서 활짝 피어
드높이 별처럼 거닐어 간다.

밤의 정감

Nachtgefühl

내 마음을 밝게 비추는
푸른 밤의 힘으로
험한 구름 사이를 깊숙이 뚫고
달과 별 하늘이 나타난다.

영혼이 그 동굴에서
휘젓겨 활활 타오른다.
창백한 별 향기 속에서
밤이 하프를 연주하기 때문에.

그 소리가 들리고 나서부터는
근심이 사라지고 고뇌도 작아진다.
비록 내일은 죽어 없을지라도
오늘은 이렇게 나는 살아 있다.

7월의 아이들

Julikinder

우리들 7월에 태어난 아이들은
하얀 재스민의 향기를 좋아한다.
조용히 무거운 꿈에 잠겨
꽃피어나는 정원 옆을 걷는다.

우리들의 형제는 진홍 양귀비.
보리밭에서, 뜨거운 벽 위에서 양귀비꽃은
붉게 나달거리며 흐늘흐늘 타는데
이내 바람이 와서 꽃잎을 날린다.

7월 밤처럼 우리들의 생애는 꿈을 지고서
그 윤무를 완성하리라. 꿈과
흥겨운 추수감사제에 열중하리라.
보리 이삭과 진홍 양귀비로 엮은 꽃다발을 들고서.

행복

Glück

행복을 추구하고 있는 한
행복할 만큼 성숙해 있지 않다.
가장 사랑하는 것들이 모두 네 것일지라도.

잃어버린 것을 애석해하고
목표를 가지고 초조해하는 한
평화가 어떤 것인지 너는 모른다.

모든 소망을 단념하고
목표와 욕망도 잊어버리고
행복을 입 밖에 내지 않을 때

행위의 물결이 네 마음에 닿지 않고
너의 영혼은 비로소 쉬게 된다.

Interieur mit Büchern (1921)

혼자

Allein

세상에는
크고 작은 길들이 많이 있다.
그러나
도달점은 모두 다 같다.

말을 타고 갈 수도, 차로 갈 수도,
둘이서 갈 수도, 셋이 갈 수도 있다.
그러나 마지막 한 걸음은
혼자서 걸어야 한다.

그러므로, 아무리 어려운 일이라도
혼자서 하는 것보다
더 나은 지혜나
능력은 없다.

꽃, 나무, 새

Blume, Baum, Vogel

공허 속에서 혼자
외롭게 타오르는 마음이여.
고통의 검은 꽃이
심연에서 너를 맞는다.

고뇌의 높은 나무가
가지를 편다.
그 가지에서
영원의 새가 노래한다.

고통의 꽃은 묵중하여
말이 없다.
나무는 자라 구름 속에 닿고
새는 하염없이 노래한다.

사라진 소리

Verlorene Klang

언제였던가 어린 시절에
나는 목장을 따라 걷고 있었다.
그때, 아침 바람에 노래 하나가
조용히 실려 왔다.
푸른 공기의 소리였든가
또는 무슨 향기, 꽃향기 같은 것이었다.
그것은 달콤히 향기를 풍기며
어린 시절을 영원토록
울리고 있었다.
그 후 나는 그 노래를 까맣게 잊고 있었다—
그것이 지금 요 며칠 사이에
비로소 가슴속 깊은 곳에서
살며시 다시 울리는 것이다.
지금 나에게는 모든 세상 일이 아무렇든 좋고
행복한 사람들과 처지를 바꾸고 싶지도 않다.

귀를 기울이고 싶을 뿐.

향긋한 소리가 흐르는 것을

마치 그때의 소리인 양

귀를 기울이고 조용히 서 있고 싶을 뿐.

Obstblüte im April (1925)

만발한 꽃

Voll Blüten

복숭아나무에 꽃이 만발했지만
하나하나가 다 열매가 되지는 않는다.
푸른 하늘과 흐르는 구름 속에서
꽃은 장밋빛 거품처럼 밝게 반짝인다.

하루에도 백 번이나
꽃처럼 많은 생각이 피어난다—
피는 대로 두어라. 되는 대로 되라지.
수익은 묻지 마라.

놀이도, 순결도,
꽃이 만발하는 일도 있어야 한다.
그렇잖으면, 세상이 살기에 너무 좁아지고
사는 데에 재미가 없어질 것이다.

쓸쓸한 저녁

Einsamer Abend

빈 병과 잔 속에서
희미한 촛불이 흔들거린다.
방 안은 싸늘하다.
바깥은 풀 위에 보슬비가 내린다.
잠깐 쉬려고, 추위에 떨며
너는 서럽게 다시 눕는다.
아침이 오고 다시 저녁이 오고
언제까지나 되풀이된다.
그러나 너는, 다시 오지 않는다.

전쟁 4년째에

Im vierten Kriegsjahr

쌀쌀하고 서러운 이 저녁을
소리 내며 비가 내려도
나는 지금 노래를 부른다.
들어 줄 사람이 있는지는 몰라도.

전쟁과 불안에 세계가 질식해도
느껴 알 사람이 하나 없어도
여러 곳에서
사랑의 불꽃은 조용히 타고 있다.

고백

Bekenntnis

사랑스런 환영幻影이여, 너의 놀이에
스스로 뛰어드는 나를 보아라.
남들에게는 목적과 목표가 있지만
나에게는 사는 것만으로도 족하다.

일찍이 내 마음에 닿았던 것은 모두
내가 늘 생생하게 느끼던
끝없는 것, 유일한 것의
비유로만 보인다.

그런 상형문자를 읽는 것은
늘 나에게 산 보람을 주리라.
영원과 본질이
내 자신 속에 있음을 알기에.

바람 부는 6월의 어느 날

Windiger Tag im Juni

호수는 유리처럼 굳어 있다.
가파른 언덕 비탈에
가는 풀잎이 은빛으로 나부낀다.

애처롭게 죽음의 공포 같은 비명을 지르며
물떼새 한 마리가
급작스런 곡선으로 하늘에서 비틀댄다.

건너 둑에선 낫 소리와
그리움 같은 향기가 날려 온다.

내면으로 가는 길

Weg nach innen

내면으로 가는 길을 찾은 사람에게는
작열하는 자기 침잠 속에서
사람의 마음은 신과 세계를
형상과 비유로만 선택한다는
지혜의 핵심을 느낀 사람에게는
행위와 온갖 사고思考가
세계와 신이 깃든
자신의 영혼과의 대화가 된다.

Wendeltreppe zum Türmchen der Casa Camuzzi (1926)

책
Bücher

이 세상의 어떠한 책도
너에게 행복을 주지는 못한다.
그러나 살며시 너를
네 자신 속으로 돌아가게 한다.

네가 필요한 모든 것은 네 자신 속에 있다,
해와 별과 달이.
네가 찾던 빛은
네 자신 속에 있기 때문에.

오랜 세월을 네가
갖가지 책에서 찾던 지혜가
책장 하나하나에서 지금 빛을 띤다,
이제는 지혜가 네 것이기 때문에.

형제인 죽음

Bruder Tod

너는 나를 잊지 않는다.
언젠가는 나에게도 올 것이다.
그러면 괴로움도 끝나고
사슬도 풀린다.

사랑하는 형제인 죽음이여
아직은 네가 멀고 서름하게 보이지만
싸늘한 하나의 별이 되어
나의 고난 위에 서 있다.

그러나 언젠가는 내게 다가와
활활 불꽃으로 타오를 것이다.
오라, 사랑하는 죽음이여, 나는 여기에 있다.
와서 나를 잡아라, 나는 너의 것이다.

무상無常

Vergänglichkeit

생명의 나무에서

잎이 하나하나 떨어진다.

아, 눈부시게 화려한 세상이여

어쩌면 이리도 흐뭇하게 하는가.

흐뭇하면서도 피로하게 하는가.

어쩌면 이리도 취하게 하는가.

오늘 뜨겁게 타는 것도

머잖아 사라져 간다.

나의 갈색 무덤 위로 소리를 내며

머잖아 바람이 불어 간다.

어린 아기 위로

어머니가 몸을 굽힌다.

어머니의 눈을 다시 한번 보고 싶다.

어머니의 눈매는 나의 별.

다른 모든 것은 사라지고 날려가 버려라.

모든 것은 죽어 간다. 기꺼이 죽어 간다.

우리들이 태어난

영원한 어머니만 남는다.

어머니의 노니는 손가락이

덧없는 하늘에 우리들의 이름을 적는다.

어느 여인에게

Einer Frau

나는 사랑할 만한 가치가 없습니다.
불붙어 타 버릴 뿐, 어떻게 타는지도 모릅니다.
나는 구름에서 흐르는 번갯불입니다.
바람이고 폭풍이고 노랫가락입니다.

그러나 나는 사랑을 기꺼이 받아들입니다.
육체의 쾌락과 희생도 받아들입니다.
남들과 서먹서먹하고 성실치 못하기에
먼 곳이나 가까운 곳이나 눈물이 나를 따라다닙니다.

가슴속의 별에게는 성실합니다.
그 별은 몰락을 가리키고
나의 모든 쾌락을 가책으로 바꿉니다.
그래도 나는 그 별을 사랑하고 찬양합니다.

나는 여자를 유린하는 색마임에 틀림없습니다.
곧 꺼져 버릴 쓰라린 기쁨을 뿌리고
당신들께 아이가 되라, 동물이 되라고 가르칩니다.
나의 주인이며 안내자는 죽음입니다.

Bioggio (um 1925)

가을

Herbst

수풀 속의 새여
너희들의 노래가
단풍 드는 숲을 따라 하늘거린다.
새여, 서둘러라.

머잖아 바람이 불어오고
수확하러 죽음이 온다.
회색 요괴가 와서 웃으면
우리들의 심장은 얼어붙고
정원도 모두 화사함을 잃고
생명은 모두 빛을 잃는다.

잎 속의 다정한 새여
사랑하는 아우여
함께 노래하고 즐거워하자.
머잖아 우리들은 먼지가 된다.

늦가을에 노래하다

Gang im Spätherbst

가을비가 생기 없는 숲을 파헤치고
아침 바람에 골짜기가 추워 몸을 옴츠립니다.
밤나무에서 후두두 열매가 떨어집니다.
갈색 열매는 벌어져 축축이 웃고 있습니다.

가을이 나의 생활을 휘저어 버렸습니다.
갈가리 찢긴 이파리를 바람이 모질게 몰아칩니다.
그리고 차례차례 가지를 흔드는 것입니다—나의 열매는 어디에 있습니까.

나는 사랑을 꽃피웠습니다. 그런데 열매는 슬픔이었습니다.
나는 믿음을 꽃피웠습니다. 그런데 열매는 미움이었습니다.
앙상한 나의 졸가리를 바람이 잡아챕니다.

나는 바람을 비웃어 줍니다. 아직도 폭풍에 저항하는 것입니다.

나에게 열매는 무엇이며 목적은 무엇이겠습니까—나는 피어났던 것입니다.

피어나는 것이 목적이었습니다. 그런데 지금은 시들었습니다.

시드는 것이 나의 목적입니다. 다른 것은 없습니다.

마음이 정하는 목적은 결국 일시적인 것입니다.

신은 내 속에서 살고, 죽고, 내 가슴속에서 괴로워합니다.

이것으로 나의 목적은 충분합니다.

바른 길이든, 그릇된 길이든, 꽃이든, 열매든

모두가 다 같은 것입니다. 모두가 다 이름에 지나지 않습니다.

아침 바람에 골짜기가 추워 몸을 옴츠립니다.

밤나무에서 후두두 열매가 떨어집니다.

떨어진 열매는 어설프게 환히 웃습니다. 나도 함께 웃습니다.

11월

November

만물은 지금 몸을 감싸며 퇴색하려 한다.
안개 낀 나날이 불안과 근심을 부화한다.
심한 폭풍우의 밤이 새고 아침이 오면 얼음 소리가 들린다.
이별이 울고, 세계는 죽음에 가득 차 있다.

너도 죽는 것과 몸을 맡기는 것을 배우라.
죽을 줄 아는 것은 성스러운 지혜다.
죽음을 준비하라 — 그러면
죽음에 끌려가면서도 더 높은 삶으로 들어갈 수 있으리라.

갖가지 죽음

Alle Tode

갖가지 죽음을 나는 이미 죽어 보았다.
갖가지 죽음을 다시 죽어 보리라.
수목 속에서 수목의 죽음을
산 속에서 돌의 죽음을
모래 속에서 흙의 죽음을
살랑대는 여름 풀 속에서 잎의 죽음을
불쌍하고 피에 젖은 인간의 죽음을.

꽃이 되어 다시 태어나거라.
수목이 되어, 돌이 되어,
물고기, 사슴, 새, 나비가 되어.
이런 갖가지 모습에서
그리움이
최후의 고뇌, 인간고人間苦의 계단으로
나를 밀어 올릴 것이다.

아, 떨면서 켕기는 활이여
그리움의 강력한 주먹이
삶의 양극을
서로 맞서게 굽히려 한다면!
앞으로 몇 번이고 죽음으로부터
고난에 찬 형성의 길로
찬란한 형성의 길 탄생으로
나를 몰아칠 것이다.

여자 친구에게 보내는 엽서

Postkarte an die Freundin

오늘은 차가운 바람이 불어
틈바귀마다 소리를 냅니다.
풀밭은 함빡 서리에 젖었지만
아직 몇몇 꽃송이가 남아 있습니다.

창가에서 마른 잎 하나가 팔랑입니다.
나는 눈을 감고
멀리 안개에 싸인 도시를 걷고 있는 당신을
날씬한 노루를 봅니다.

Häuser mit Sonnenblumen (1927)

이별을 하며

Bei einem Abschied

아, 기약도 없는 이별을 한다.
실패한, 쓰라린 운명에 가슴은 가득하다.
다시 어쩔 수 없는 장미는 향기롭게 손에서 시든다.
애달픈 마음은 졸음과 어둠을 찾는다.

그러나 하늘에는 변함없는 자리에 별이 떠 있다.
좋든 싫든 우리는 언제나 저 별을 따른다.
빛과 어둠을 지나서 우리들의 운명은 저 별을 향하여 굴러간다.
우리는 기꺼이 저 별을 따른다.

여름밤

Sommernacht

수목들은 세찬 천둥 비가 남긴 빗방울을 떨어뜨린다.
젖은 이파리에 서늘하게 달빛이 비친다.
골짜기에서 보이지 않는 냇물의
끊임없는 소리가 어렴풋이 울려온다.

지금 농가에서 개가 짖는다.
아, 여름밤이여, 아련한 별들이여,
너희들의 파란 궤도를 따라
나의 마음이 방랑의 도취로, 먼 곳으로 이끌려 간다.

앓는 사람

Der Kranke

바람처럼 나의 생애는 날아가 버렸다.

나는 혼자 누워 눈을 뜨고 있다.

창문에 조각달이 걸려

내가 하는 것을 보고 있다.

나는 누워서 오랫동안 추위에 떨며

방 안에 죽음을 느낀다.

심장이여, 어쩌면 그렇게도 불안하게 울리는가.

너는 아직도 타오르고 있는가.

나는 나직이 노래를 부른다.

달과 바람,

사슴과 백조,

성모와 성자의 노래를.

아는 노래는

모두 생각난다.

별과 달이 들어오고
숲과 노루는 내 마음속에 있다.
모든 고통과 기쁨이
감은 내 눈 아래서 흘러가 버려
따로 분간할 수가 없다.
모두가 달콤하고 모두가 타올라
내가 어디에 있는지도 모르겠다.
파란 빨간 입술을 한 여인들이 와서
불안한 촛불처럼 사랑에 흔들거린다.
그중의 하나는 이름이 죽음이다.
아, 그 불타는 눈매가
나의 심장을 마구 들이마신다.
신들은 늙은 눈을 뜨고
숨겨 둔 천국을 열어 보인다,

웃음의 천국과 울음의 천국을.
그리고 별들을 재빨리 회전시켜
달과 해를 모두 비치게 한다.
나의 노래가 차차 약해지고, 그쳐 버린다.
천국의 한가운데서 잠이
신들의 세계를 따라 별의 궤도로 걸어온다.
그 걸음은 눈 위를 걷는 것 같다…
그에게 무엇을 빌어야 할까…
내가 괴로워하던 것은 모두 사라지고
이제 나를 괴롭힐 것은 하나도 없다.

열병을 앓는 사람

Der Fieberkranke

나의 생애는 죄로 가득 차 있었다.
많은 죄를 용서받았다.
그러나 사람들은 용서하지 않는다.
이해도, 용서도 하지 않고
나의 무덤 위에 돌을 던진다.
그러나 별들은 나를 데리러 오고
달은 나에게 웃어 준다.
나는 달의 거룻배를 타고
반짝이는 밤하늘을 조용히 떠간다,
별의 궤도를 조용히 따라.
빛이 나를 지치게 하고, 어지럽히고,
모든 것이 빙글빙글 돌아가고, 둥실 떠다닌다
어머니가 다시 나를 끌어안을 때까지.

사랑의 노래

Liebeslied

나는 사슴이고 당신은 노루,
당신은 작은 새, 나는 수목,
당신은 햇살이고 나는 눈,
당신은 대낮이며 나는 꿈.

밤에 잠든 나의 입에서
황금 새가 당신에게 날아갑니다.
티 없이 맑은 소리, 눈부신 날개.
새는 당신에게 노래합니다.
사랑의 노래를, 나의 노래를.

Albogasio (1925)

눈 속의 나그네

Wanderer im Schnee

한밤이 골짜기에서 한 시를 울린다.
벌거숭이 추운 달이 하늘을 헤매고 있다.

눈과 달빛에 싸인 길을
그림자와 함께 나는 걸어간다.

봄풀이 파릇한 길을 많이 걸었다.
따갑게 내리쬐는 여름 해를 많이 보았다.

걸음은 피로에 지치고 머리칼은 하얗다.
아무도 이전의 나를 몰라본다.

야윈 나의 그림자가 피로하여 머물러 선다.
그러나 기어코 이 길을 다 가고 말 것이다.

홍성한 세계로 나를 끌고 다니던 꿈이
나에게서 손을 뗀다. 이제야 나는 안다, 꿈이 나를 속인 것을.

골짜기에서 한밤이 한 시를 울린다.
아, 저 높이에서 달이 아주 쌀쌀하게 웃는다.

눈이 아주 차갑게 이마와 가슴을 안아 준다.
내가 생각던 것보다도 죽음은 상냥하다.

Blick auf Montagnola (1926)

시들어 가는 장미

Verwelkende Rosen

많은 사람들이 이것을 깨닫기를.

많은 애인들이 이것을 배우기를.

자신의 향기에 스스로 취하는 것을

살해자인 바람에 귀 기울이는 것을

꽃잎이 놀면 빨갛게 흩어지는 것을

사랑의 만찬에서 웃으며 떠나는 것을

이별을 축제로 받아들이는 것을

육체에서 벗어나 아래로 떨어지는 것을

죽음을 키스처럼 들이마시는 것을.

누이에게

An meine Schwester

— 몹시 앓으며

어디서나 서름하여
어찌할 바 몰라서 이곳에 서 있다.
고향을 멀리 떠나
나는 헤매어 왔다.

내가 알고 있던 꽃이여
묵중한 푸른 산이여
인간이여, 들이여,
이제 나는 너희들을 모른다.

다만 너의 입에서만
옛날의 소리를 듣고
다정한 동화의 말처럼
옛날의 소식을 전해 듣는다.

머잖아 착한 동산바치 죽음이
그의 정원으로
부모가 기다리는 저녁노을 속으로
나를 데려갈 것이다.

애인에게

Der Geliebten

나의 나무에서 또 하나의 잎이 떨어진다.
나의 꽃에서 또 하나가 시든다.
희미한 빛 속에서 기이하게
삶의 얽힌 꿈이 나에게 인사한다.

주위에서 공허가 어두운 눈으로 나를 쳐다본다.
그러나 둥근 하늘 한가운데서 어둠을 뚫고
위안에 찬 별이 하나 웃고 있다.
그 궤도가 조금씩 가까이 그를 끌어당긴다.

나의 밤을 부드럽게 해 주는
조금씩 나의 운명을 끌어당기는 착한 별이여
내 마음이 말없는 노래로 너를 기다리고
환영하는 것을 알 수 있겠는가.

보라, 나의 눈은 아직도 고독에 차 있다.

나는 가까스로 서서히 너를 향하여 눈을 뜬다.

나는 다시 울고, 다시 웃어도 좋은가,

너와 그리고 운명에 몸을 맡겨도 좋은가.

기도

Gebet

주여, 저를 제 자신에게 절망케 하소서.
그러나 당신에게 절망케는 하지 마소서.
방황의 온 슬픔을 맛보게 하소서.
온갖 고뇌의 불꽃을 핥게 하소서.
온갖 치욕을 맛보게 하시고
제가 자신을 가누는 것을 도우지 마시고
제가 뻗어 나가는 것을 도우지 마소서.
그러나 제가 완전히 망가졌을 때는
저에게 가르쳐 주소서,
당신이 파괴하셨음을
불꽃과 고뇌를 당신이 낳으셨음을.
왜냐하면, 저는 기꺼이 멸망하고
기꺼이 죽어 가오리다만
당신의 품에서만 죽을 수 있기 때문입니다.

Mabnolienblüte (1928)

종말에

Am Ende

갖가지 환락으로 나를 꾀어내던 불빛이
갑자기 하늘거리며 꺼졌다.
굳어 버린 손가락 속에서 관절염이 소리친다.
황야의 늑대, 나는 어느덧 황야에 다시 선다.
재미도 없이 끝난 황야의 파편 위에 침을 뱉고
짐을 꾸려 황야로 돌아간다,
죽어야 할 시간이기에.
잘 있어라, 흥겨운 형상의 세계여
가면무도회여, 너무나 달콤한 계집들이여
시끄럽게 떨어지는 커튼 뒤에
낯익은 무서운 것이 기다리고 있다.
적을 향하여 서서히 나아간다.
고통이 점점 나를 졸라맨다.
겁먹은 심장은 가쁘게 고동치며
죽음이 오는 것을 기다리고 있다.

교훈

Belehrung

사랑하는 아들아,

사람들의 말에는

많든 적든

결국은 조금씩 거짓말이 섞여 있다.

비교해서 말하자면

기저귀에 싸였을 때와

후에 무덤 속에 있을 때

우리는 가장 정직한 것이다.

그럴 때에 우리는 조상 옆에 누워

드디어 현명해지고

서늘한 청명에 싸여

백골로 진리를 깨우친다.

그러나 많은 사람은

거짓말을 하며

다시 살아나고 싶어 한다.

Blick auf Hesses Wohnung in der Casa Camuzzi (1927)

어느 편집부에서 온 편지

Brief von einer Redaktion

"귀하의 감동적인 시에 대하여 심심한 사의를 표하는 바입니다.

옥고玉稿는 우리에게 깊은 인상을 주었습니다.

그러나 본지에는 약간 어울리지 않음을

심히 유감으로 여기는 바입니다."

어딘가의 편집부에서 이런 편지를 거의 매일 보내 온다.

신문, 잡지가 하나하나 꽁무니를 뺀다.

가을 향기가 풍겨 온다. 그리고 이 영락한 아들은

아무 곳에도 고향이 없다는 것을 분명히 안다.

그래서 목적 없이 혼자만을 위한 시를 써서

머리맡 탁자에 놓인 램프에게 읽어 준다.

아마 램프도 귀를 기울이지 않을 것이다.

그러나 말없이 빛은 보내 준다. 그것만으로도 족하다.

실망한 사람

Der Enttäuschte

많은 아름다운 나비를 잡을 생각이었다.
그런데 지금은 가을이라, 나비는 모두 사라지고 없었다.
별수 없이 인간 세계를 정복하러 갔으나
패배하고 말았다.

옛날에는 그렇게도 따뜻하고 여름처럼 타오르던 이 세상에서
어찌 추위에 떠는 것을 배워야만 했던가.
다만 먼지가 되기 위하여, 나의 탐욕스런 목숨은
얼마나 강렬하게 그의 꽃을 재촉하였던가.

나는 나를 왕으로 여기고
이 세계를 마술의 정원이라 여기고 있었다.
그러나 그것도, 필경에는 다른 노인들과 함께
지껄이고 두려워하며 죽음을 기다리기 위한 것에 지나지 않았다.

여름 저녁

Sommerabend

손가락이 한 편의 시를 쓴다.
빛 가신 목련꽃이 창으로 들여다본다.
침침하게 반짝이는 저녁 술잔에
애인의 머리칼과 얼굴이 비친다.

여름밤이 가냘픈 별빛을 하늘에 뿌렸다.
젊은 날의 추억이 달빛 젖은 잎에서 향기를 풍긴다.
손가락이여, 우리들은 곧 먼지 되어 날아간다,
내일이나—모레나—어쩌면 오늘에.

노경에 접어들며

Älterwerden

청춘의 별이여
너희들은 어디로 떨어져 갔는가,
구름을 뚫고 가는 너희들을
나는 하나도 보지 못한다.

너희들, 내 청춘의 벗이여
어쩌면 이렇게도 빨리
세계와 너희들은 강화를 체결했는가.
나를 두둔하는 자는 하나도 없다.

청년이여, 너희는 우리들 노인을 비웃는다.
정말 그르다 할 수 없구나.
내 자신이 나의 진실을
너무나 부당하게 대우해 왔으니까.

그러나 나는 계속 싸우며
세계와 맞서서 버티겠다.
이겨서 영웅이 될 수 없다면
한낱 전사로서 쓰러지겠다.

파랑나비

Blauer Schmetterling

작은 파랑나비 한 마리
바람에 실려 날아간다.
자개구름 색깔의 소나기처럼
반짝반짝거리며 사라져 간다.
이처럼 순간적인 반짝임으로
이처럼 스쳐 가는 바람결에
행복이 반짝반짝 눈짓을 하며
사라져 가는 것을 나는 보았다.

Dorfgasse (1927)

9월

September

정원이 서러워한다.
차갑게 꽃송이 속으로 빗방울이 떨어진다.
종말을 향하여
여름이 가만가만 몸을 옴츠린다.

높은 아카시아 나무에서 이파리가
금빛으로 방울져 하나하나 떨어진다.
죽어 가는 정원의 꿈속에서, 여름은
놀라고 지쳐 미소를 짓는다.

아직도 여름은
장미 곁에서 한참을 머물며 안식을 바란다.
그러다가 커다란 지쳐 버린 눈을
천천히, 천천히 내려 감는다.

니논을 위하여

Für Ninon

바깥에는 별이 바삐 움직이고
모든 것이 불꽃을 날리고 있는데
이렇게도 생활이 암담한 나의 곁에
네가 있겠다는 것.

분망한 인생살이 속에서
하나의 중심을 네가 알고 있다는 것
이것이 너와 너의 사랑이
나를 위한 고마운 수호신이 되게 한다.

나의 암흑 속에서, 너는
참으로 은밀한 별을 느낀다.
너는 사랑으로 다시 나에게
삶의 달콤한 핵심을 생각케 한다.

새 시집

Neue Gedichte

첫눈

Erster Schnee

너도 이제 늙었구나, 초록의 한 해여.
눈에는 이제 생기가 없고, 머리에는 벌써 눈이 쌓였다.
지친 걸음걸이로 죽음을 끌고 다닌다—
나는 너를 따라 함께 죽겠다.

주저하면서 마음은 불안한 오솔길을 걷는다.
눈 속에는 겨울 보리가 불안에 떨며 잠자고 있다.
바람은 벌써 참으로 많은 나뭇가지를 꺾었다.
그 상처 자국이 지금은 나의 갑옷이다.
나는 벌써 참으로 많은 혹독한 죽음을 죽었다.
새 삶이 그 죽음 하나하나의 보상이었다.

어서 오라, 죽음이여, 어두운 문이여,
저쪽에서 삶의 합창이 밝게 울려 퍼지고 있다.

고독으로 가는 길

Weg in die Einsamkeit

세계가 너에게서 떨어져 나간다.
지난날 네가 사랑하던
모든 기쁨이 다 타 버리고
그 재 속에서 암흑이 위협한다.

더 강력한 손에 밀려
어쩔 수 없이 너는
네 속으로 갈앉아서
추위에 얼며 죽은 세계 위에 선다.
너의 뒤에서, 잃어버린 고향의 여운이
아이들의 소리와 은은한 사랑의 노래가
흐느끼며 울려 온다.
고독으로 가는 길은 참으로 어렵다.
네가 알고 있는 것보다 더.
꿈의 샘도 말라 있다.

그러나 믿으라.

네 길의 끝자리에 고향이 있으리라.

죽음과 부활이

그리고 무덤과 영원한 어머니가.

어느 소녀에게

Einem Mädchen

모든 꽃 중에서
너를 가장 사랑한다.
너의 입김은 달콤하고 싱싱하다.
순결과 기쁨에 넘쳐 너의 눈은 웃고 있다.
꽃이여 나의 꿈속으로 너를 데리고 간다.
거기, 빛깔 고운 마술의 숲 속에
너의 고향이 있는 것이다.
거기서 너는 시들지 않고
나의 영혼이 쓰는 사랑의 시 속에서 너의 청춘이
깊은 향기를 풍기며 영원히 피어나는 것이다.

많은 여인을 겪었다.
괴로워하면서 사랑했다.
많은 여인을 괴롭혀 주었다.
지금 이별을 하며 우아한 마법에

청춘의 아름다운 모든 매력에
너를 통하여 다시 인사를 한다.
그리고 가장 은밀한 내 시詩의
꿈의 정원에 서서
이렇게도 많은 것을 선사한 너를
미소 지으며 불멸의 것으로 고맙게 모시는 것이다.

Blick ins Seetal (1930)

어딘가에

Irgendwo

무거운 짐에 허덕이며
뜨거운 삶의 푸서리를 헤매지만
잊어버린 어딘가에
서늘하게 그늘진 꽃핀 정원이 있다.

꿈속의 먼 어딘가에
나를 기다리는 안식처가 있다.
영혼이 다시 고향을 가지고
졸음과 밤과 별이 기다리는.

쾌락

Wollust

흐르기만 하고, 타오르기만 하고
마구 불꽃 속에 뛰어들기만 하고
마음을 앗기고, 몸을 바치고
영원한 불꽃, 생명에게.
그러나 갑자기 불안에 싸여
무한한 행복에서 몸부림치며
두려운 마음이 돌아서려 한다.
사랑의 한가운데서 죽음을 느끼고…

일찍 온 가을

Verfrühter Herbst

벌써 시든 잎들이 냄새를 심하게 풍긴다.
밀밭은 수확이 끝나서 텅 비어 있다.
다시 한번 폭풍우가 불면
지쳐 있는 여름의 목덜미가 꺾여 버릴 것이다.

금작화의 깍지가 여물어서 터진다.
오늘 우리가 손에 쥐고 있다고 여기는 것 모두가
갑자기 멀리 전설적인 것으로 보일 것이다.
그리고 꽃이라는 꽃이 모두 이상하게 갈피를 못 잡는다.

놀란 마음속에 소원 하나가 불안스레 싹튼다.
지나치게 생존에 집착하지 말기를
나무처럼 마르는 것을 체험하기를
가을에도 기쁨과 색채가 있기를 바라는 소원이.

8월 말

Ende August

이미 단념하고 있었는데
여름은 다시 한번 그의 위력을 찾았습니다.
여름은, 점점 짧아지는 나날에 압축된 것처럼 그렇게 빛나고 있습니다
구름 한 점 없이 따갑게 내리쬐는 태양을 자랑하며.

이처럼 인간도 살아오며 노력한 끝에
절망하고 은퇴해 버렸다가는, 갑자기
다시 한번 파랑에 몸을 맡기고, 과감하게
삶의 나머지를 걸어 보는 일이 있습니다.

사랑 때문에 헛되이 지내든가
뒤늦은 일에 착수한다든가
어떻든 그의 행위와 욕망 속에는 종말에 대한
깊은 지혜가 가을처럼 드맑게 울리고 있는 것입니다.

Weinreben vor der Casa rossa (1931)

어느 친구의 부고를 받고

Bei der Nachricht vom Tod eines Freundes

덧없는 것은 빨리 시든다.
메마른 세월은 빨리 사라진다.
영원처럼 보이는 별들도 비웃듯 반짝인다.

우리들의 속에 있는 영혼만이
비웃지도, 슬퍼하지도, 움직이지도 않고
이 연극을 보고 있을 것이다.
그에게는 무상도 영원도 다 같이
귀중하기도 하고 시시하기도 하다…

그러나 마음은 시드는 꽃.
거역하며, 사랑에 타오르며
끝없는 죽음의 절규에
끝없는 사랑의 절규에
몸을 바친다.

그리스도 수난의 금요일

Karfreitag

낮게 흐린 날, 숲에는 아직 눈이 남아 있다.
앙상한 나무에서 지빠귀가 운다.
봄의 숨결이 불안스레 감돈다,
기쁨에 부풀어서, 슬픔에 짓눌려서.

사프란과 오랑캐꽃이 조촐하게 얼려
풀 속에 말없이 피어 있다.
무엇인지 수줍게 향기가 풍긴다,
죽음의 냄새가, 축제의 향기가.

나무 싹에는 눈물이 담뿍 괴어 있다.
하늘은 몹시도 불안하게 드리워 있다.
모든 정원과 언덕은
겟세마네다, 골고다다.

밤비

Nächtlicher Regen

잠 속에까지 빗소리가 들려
눈을 떴다.
들릴 뿐만 아니라 몸에도 느껴진다.
습지고 서늘한 수천의 소리로
비는 밤을 가득 채운다.
속삭임으로, 웃음으로, 신음 소리로.
흐르듯이 부드러운 얽힌 소리에
취하여 귀를 기울인다.

쨍쨍 내리쬐던 나날의
딱딱하고 메마른 소리 후에
이리도 차분히, 이리도 흔흔히 떨며
비의 탄식이 들려오는 것이다.

아무리 쌀쌀한 체하고 있어도
거만한 가슴에서, 이처럼
언젠가는 흐느낌의 순진한 기쁨이나
눈물의 그리운 샘이 솟아 나와
흐르며, 하소연하며, 속박을 풀며,
말하지 않는 것을 말하게 하고
새로운 행복과 괴로움에게
길을 열어 주고, 영혼을 넓히는 것이다.

Klingsors Balkon (1931)

봄의 말씀

Sprache des Frühlings

아이들은 모두 봄이 소곤거리는 것을 알아듣는다.

살아라, 자라나라, 피어나라, 희망하라, 사랑하라.

기뻐하라, 그리고 새 움을 트라.

몸을 내던지고 삶을 겁내지 마라.

늙은이들은 모두 봄이 소곤거리는 것을 알아듣는다.

늙은이여, 땅속에 묻혀라.

씩씩한 애들에게 자리를 내어 주라.

몸을 내던지고, 죽음을 겁내지 마라.

어느 초상肖像에

Zu einem Bildnis

정성 들인 채색의 멋진 색에서
동양적인 커다란 눈이 촉촉한 빛을 띠고
무거운 생각에 잠겨
침울하게 바라보고 있다.

입은 조용히 힘을 담고 있어서
얼마간의 고뇌에 싸여 있는 것 같다.
어떤 고뇌를, 금지된 과실처럼
두려워하면서도 사랑하고 찾아서
맛을 즐기고 깨물어 보며
그것에 마음을 앗긴 것 같다.

천둥 비가 쏟아지기 직전

Augenblick vor dem Gewitter

까맣게 꿈틀거리는 천둥 구름 속에서
태양이 다시 한번 번쩍거린다.
그것이 수증기를 뜨겁게 데워 끔찍이도 무덥게 하고
정원의 겁먹은 꽃 속에서 애매하게 미소를 짓는다.

짙은 암청색 앞에서 빨간 집이
진사辰砂처럼 눈부시게 활활 타오른다. 그리고 창문은 번쩍이고…
다음 순간 모든 것이 사라진다.
빛은 시들고, 웅성거리는 소리가 어둠 속에서 노래하고 있다.
드디어 하얀 소나기가 어둠 속에서 달려 나온다.
비는 무거운 옷자락을 질질 끌며 숲을 몰아친다.
번개는 눈을 아찔하게 하고, 우박은 마구 북을 친다.
천둥이 날카로운 소리로 비웃으며 쿵쾅거린다.

여름의 절정

Höhe des Sommers

먼 곳의 푸른빛이 이미 맑아지고
정신적으로 밝아져서
9월만이 만들어 내는
저 상쾌한 매혹적인 색조가 된다.

무르익은 여름은 하룻밤 사이에
잔치를 위하여 치장을 하려고 한다.
모든 것이 다 완성되어 웃고
기꺼이 죽으려 하고 있기 때문이다.

영혼이여, 이제 시간으로부터 빠져나오라,
너의 근심으로부터 빠져나오라.
그리고 고대하던 아침으로
뛰어들 채비를 하라.

Blick auf das Seetal (1931)

오래된 정원

Alter Rark

부서진 낡은 벽
그 틈새에 이끼와 작은 양치류가 자라고
검은 주목朱木들의 틈바귀에서
불같은 햇빛이 조각나서 번쩍번쩍 흘러나온다.

바깥에는 8월이 끓고, 작열하고 있는데
여기서는 이끼 낀 그늘진 구석에
회양목 울타리가 떫은 향기를 풍기고 있다,
패랭이꽃의 빨간 빛에 피처럼 젖어서.

잡초 밑은 검게 젖은 흙이 비옥해져서
수북이 쌓여 있고
위쪽에는 오래된 수척한 나뭇가지가
드문드문 성급하게 뒤엉켜 있다.

녹슨 빗장 뒤에는
노래와 전설이 소곤거리면서 잠들어 있다.
그리고 그 비밀을 아무도 풀지 못하게
문이 지키고 있다.

회상

Rückgedenken

비탈에는 히드가 피어 있다.
금작화는 갈색 빗자루 모양 꿈쩍 않는다.
보송보송한 5월의 숲이 얼마나 푸르던가를
오늘도 누가 알고 있을까.

지빠귀의 노래와 뻐꾸기의 울음이 어떻게 울리던가를
오늘도 누가 알고 있을까.
그렇게 황홀하게 울리던 것이
이제는 잊히고 노래 속에 사라졌다.

숲 속의 여름 저녁 향연을
산 위에 높이 걸린 둥근 달을
누가 적어 두고, 기억하고 있을까.
이제는 모두가 흩어지고 없다.

머지않아 너를, 나를
아는 사람도 이야기할 사람도 없어질 것이다.
다른 사람들이 여기에서 살며
우리를 애석하게 여기지도 않으리라.

우리는, 저녁 별과
처음 끼는 안개를 기다리기로 하자.
우리는 하느님의 위대한 정원에서
기꺼이 피었다가 시드는 것이다.

늦여름의 나비

Schmetterlinge im Spätsommer

나비가 많이 모여드는 계절이 왔다.

늦게 핀 협죽초의 향기 속에서 가볍게 비틀거리며 춤을 추고 있다.

나비는 소리도 없이 파란 하늘에서 떠올라 온다.

제독나비, 여우나비, 산호랑나비

은줄표범나비, 표범나비

겁 많은 박각시나방, 빨간 곰나방

들신선나비, 작은멋쟁이나비.

모피와 비로드로 장식된 화려한 색깔로

보석처럼 반짝이며 이리저리 떠다닌다.

현란하고 서럽게, 묵묵히 몽롱하게

멸망한 동화의 세계에서 온다.

여기서는 이방인이지만, 낙원과도 같은

목가적인 기름진 들에서 왔기에 아직도 꽃 같은 이슬에 젖어 있다.

동쪽 나라에서 온 목숨이 짧은 손님.

잃어버린 고향처럼 우리가 꿈에서 보는 나라에서 온 환상의 사자.

우리는 나비를

더 고귀한 삶의 사랑스런 담보라고 믿는다.

모든 아름다운 것, 무상한 것의 상징

너무나 상냥한 것, 다감한 것의 상징

나이 많은 여름의 왕이 벌인 축제의

우울하고, 황금으로 치장된 손님들.

여름은 늙어

Sommer ward alt

여름은 늙어 지쳐서
잔인한 두 손을 축 드리우고
허하게 산과 들을 바라본다.
이제는 끝났다.
여름은 그의 불꽃을 다 날려 버리고
그의 꽃을 다 태워 버렸다.

모든 것이 이와 같다. 마지막에
우리들은 지쳐 뒤돌아보고
추위에 떨며 빈손에 입김을 분다.
그러고는 이전에 행복이
업적이 있었는지 의심해 본다.
옛날에 읽은 동화처럼 빛이 바래
우리들의 삶은 멀리 뒤에 놓여 있다.

여름은 한때 봄을 때려누이고
자신을 더 젊고 강하다고 여겼다.
지금 여름은 고개를 끄덕이며 웃고 있다.
요즘은 전혀 새로운 기쁨을 생각하고 있다.
이제는 아무것도 원하지 않고, 모두를 단념하고
드러누워, 창백한 손을
싸늘한 죽음에 맡기고
이제는 듣도 보도 않으며
잠들어… 사라져… 간다….

마른 잎

Welkes Blatt

꽃은 모두 열매가 되려 하고
아침은 모두 저녁이 되려 한다.
이 지상에 영원한 것은 없다.
변화와 세월의 흐름이 있을 뿐.

아름다운 여름도 언젠가는
가을과 조락을 느끼려 한다.
잎이여, 끈기 있게 조용히 참아라,
불어오는 바람이 유혹하려 할 때.

너의 놀이를 놀기만 하고
거스르지 말고 가만히 두라.
너를 꺾어 가는 바람에 실려
너의 집으로 날리어 가라.

Beet mit Sonnenblumen (1933)

어느 시집에 바치는 시

Widmungsverse zu einem Gedichtbuch

I

이제는 넘쳐흐를 것도 없고
윤무의 가락마저 가을다이 울려도
그대로 우리들은 침묵하지 않으리.
처음에 울린 것이 후에 울린다.

II

많은 시를 써 왔다.
남은 것은 얼마 안 되지만
여전히 나의 놀이고 꿈이다.

가을바람이 잔가지를 흔든다.
추수제를 위하여 빛도 곱게
측백나무 이파리가 바람에 날린다.

Ⅲ

나무에서 이파리가
생명의 꿈에서 노래가
노닐며 바람에 날려 간다.
많은 것이 멸하여 갔다.
다정한 멜로디를
처음으로 우리가 부른 후로
노래도 또한 죽어 간다.
영원히 울릴 노래는 없다.
바람이 모두를 싣고 간다.
꽃도 나비도
변하지 않는 모든 사물의
덧없는 비유일 따름이다.

삼성음三聲音의 음악

Dreistimmige Musik

하나의 목소리가 밤중에 노래를 부른다.
불안을 자아내는 밤중에
불안과 용기를 노래한다.
노래를 부르면 밤을 제압한다.
노래하는 것은 좋은 일이다.
두 번째 목소리가 시작되어 함께 따라간다.
다른 목소리가 보조를 맞추어
그것에 대답을 하고, 웃는다.
둘이서 밤에 노래를 부르는 것은
상대편을 기쁘게 하기 때문이다.
세 번째 목소리가 끼어들어서
밤중에 함께
줄지어 거닐며 춤을 춘다.
그리고 세 번째 목소리가 별이 되고
마법이 된다.

서로가 붙잡히고, 놓아주고
피하고, 자제한다.
밤중에 노래하는 것은
사랑을 불러일으키고, 기쁨을 주기 때문이다.
서로 의지하는 별하늘을
마법으로 만들어 낸다.
서로 모습을 보여 주고, 숨고,
위로하고, 놀려 주고—
네가 없었다면, 내가 없었다면, 네가 없었다면
세상은 깜깜하고, 불안할 것이다.

꽃의 일생

Leben einer Blume

꽃은 초록 잎으로 둥글게 감싸인 속에서 어린애같이
불안스럽게 주변을 둘러보지만 자세히는 보지 못한다.
빛의 파도에 휩쓸린 것 같고
낮과 여름이 이해할 수 없게 파래지는 것을 느낀다.

빛과 바람과 나비가 꽃에게 사랑을 구한다.
최초의 미소 속에 꽃은 삶을 향해 불안한 가슴을 열고
꿈의 연속처럼 짧은 수명에
몸을 맡겨야 하는 것을 알게 된다.

지금 꽃은 함박웃음을 짓는다. 그리고 그 빛깔이 달아오르고
꽃받침에는 금빛 꽃가루가 넘친다.
꽃은 무더운 한낮의 불더위를 알게 되고
저녁이 되면 기진맥진하여 무성한 잎 속에 몸을 굽힌다.

꽃잎의 가장자리는 성숙한 여인의 입과 같다,
그 선의 둘레에 늙어 가는 징후가 떨고 있는.
그 웃음은 뜨겁게 피어오르지만, 그 바닥에서는
벌써 싫증을 내고, 씁쓸한 앙금의 냄새를 풍기고 있다.

이제 작은 꽃잎은 지치고, 씨앗이 생기는 품 위에서
쪼그라들고, 풀어지고, 축 처진다.
색깔은 유령처럼 바랜다.
커다란 비밀이 죽어 가는 것을 껴안고 있다.

한탄

Klage

우리는 정체가 없다. 우리는 흐르는 것에 지나지 않다.

우리는 기꺼이 모든 틀에 흘러들어 간다.

낮에, 밤에, 동굴에, 대성당에.

우리는 뚫고 나간다. 정체에 대한 갈망이 우리를 몰아붙인다.

그리하여 우리는 쉼 없이 하나하나 틀을 채운다.

그러나 어느 틀도 우리의 고향, 행복, 고난이 되지 않는다.

우리는 언제나 도중에 있고, 우리는 언제나 지나가는 손이다.

밭도 쟁기도 우리를 부르지 않는다. 우리를 위해서 자라는 빵은 없다.

하느님이 우리를 어떻게 여기는지 우리는 알지 못한다.
하느님은 손아귀에 든 점토인 우리를 가지고 논다.
점토는 말이 없고, 주무르기 쉽지만 웃거나 울지는 않는다.
잘 이겨지기는 하지만 구워지지는 않는다.

언젠가는 돌로 굳어져서 오래 지속된다는
그런 동경이 우리의 마음을 영원히 자극하고 있다.
그렇지만 언제까지나 불안한 몸서리가 남을 뿐이고
우리가 가는 길에서 그것이 휴식이 되는 일은 결코 없다.

Verschneites Seetal (1933)

고통

Schmerz

고통은 우리를 위축되게 하는 명수다.
우리를 태워서 가난하게 하는 불이다.
자신의 생명으로부터 우리를 떼어내어
그것을 둘러싸고 활활 타올라서 우리를 고립시키는 불이다.

지혜와 사랑은 작아지고
위안과 희망은 여위고 덧없다.
고통은 우리를 거칠게, 시기하며 사랑한다.
우리는 녹아내려서 고통의 소유물이 된다.

지상의 형태인 자아는
불꽃 속에서 구부러지고, 저항하고, 거역한다.
그러고는 조용히 맥없이 무너져서
명수에게 자신을 내맡긴다.

영합

Entgegenkommen

영원히 굴하지 아니하는 것, 소박한 것은
우리들의 의문을 물론 받아들이지 않는다.
세계는 평평하며, 심연의 전설 같은 것은 헛소리라고
그들은 간단히 설명한다.

오랫동안 몸에 밴 두 개의 쾌적한 차원 외에
다른 차원이 정말 있었다고 한다면
거기서 인간이 어찌 안전하게 살 수 있겠는가,
거기서 인간이 어찌 마음 편히 살 수 있겠는가.

따라서 평화를 성취하기 위해서는
하나의 차원을 말살하자.

굴하지 아니하는 것이 정말 귀한 것이라면
심연을 들여다보는 것이 그렇게도 위험하다면
제삼차원第三次元은 무용지물이기 때문이다.

그렇지만 우리는 은근히 갈망하고 있다

Doch heimlich dürsten wir ...

우아하게, 정신적으로, 당초무늬같이 섬세하게
우리들의 목숨은 요정의 목숨처럼
유연하게 춤추며 허무의 주위를 돌고 있는 것 같다,
우리들의 존재와 현재를 제물로 바친 허무의 주위를.

숨결처럼 가볍고, 깔끔하게 조화된
꿈의 아름다움이여, 상냥한 놀이여,
너의 명랑한 표면 뒤 깊숙이
밤과 피와 야만에 대한 동경이 희미하게 빛나고 있다.

우리들의 목숨은 강요받지 않고 마음대로
공허 속을 자유로이, 놀이하는 마음으로 선회한다.
그렇지만 우리는 은근히 갈망하고 있다,
현실을, 자손 낳기를, 탄생을, 고뇌를, 죽음을.

유리구슬 놀이

Das Glasperlenspiel

천지 만물의 음악을, 명수의 음악을
우리는 경외하는 마음으로 경청하고
은혜를 받은 시대의 존경하는 정신을
깨끗한 축제에 불러낼 용의가 있다.

마법의 주문의 비밀에 의해
우리는 고양된다, 그 테두리 안에
끝이 없는 것, 휘몰아치는 것, 목숨이 모여들어서
티 없는 비유가 되어 있다.

그것은 별자리처럼 투명하게 울린다.
그것을 돌봄으로써 우리들의 목숨에 의미가 생겼다.
그리고 그 테두리 안에서 떨어지는 것은
신성한 중심으로만 떨어진다.

Kristallgebirge (1931)

■ 해설

헤르만 헤세의 시

송영택

헤르만 헤세의 시를 일괄적으로 해설하기보다는 그의 시집들을 연대순으로 살펴보는 것이 더 편리할 것 같다.

1.《낭만적인 노래》(1899)

자비 출판한 44쪽짜리의 자그마한 시집으로, 18~21세 때까지의 작품을 수록하고 있다. 향수와 사랑과 청춘의 고독한 소곡小曲들이지만, 그 무렵 헤세의 생활과 심경을 잘 반영하고 있다. 물론 문학 청년기의 습작이라 신통한 것은 없지만, 〈마을의 저녁〉 같은 반짝이는 작품도 더러 있으며, 헤세 특유의 선율이 형성되어 있어서 앞으로의 가능성을 엿볼 수 있다.

2. 《시집》(1902)

시 〈저 산 너머〉로 한국에 많이 알려져 있는 카를 부세Karl Busse가 편집한 《새 독일 서정시인》 시리즈의 제3권으로 출판되었다. 《낭만적인 노래》의 연장이기는 하지만 그 우수와 감상에 내면적인 깊이가 생기게 되었으며, 그 세계도 넓어지고 다채로워져 있다. 무상감을 담담하게 노래하고 있는 〈흰 구름〉은 아름다운 명품이라 할 수 있으며, 전 생애에 걸쳐 헤세가 주제로 삼은 고독을 노래한 〈안개 속에서〉는 대표작 중 하나다. 이 시집은 1920년에 보완되었고, 1950년부터는 《젊은 날의 시집》으로 개제되어 현재에 이르고 있다.

3. 《도중에서》(1911)

1902년 이후의 시를 모은 한정판이다. 1915년에 증보판이 나온 후로 절판된 것으로 보아 헤세도 별로 중시하지 않은 것 같다. 그러나 헤세의 특질인 방랑성을 잘 반영하고 있다.

4. 《고독한 사람의 음악》(1916)

대체로 1911~1914년의 시에서 62편을 골라 싣고 있다. 이 시집의 제목은 그의 시 전체 제목으로도 어울리는 말이라 할 수 있겠다. 이 시집에서는 이전의 시에서 주제를 이루고 있던 감미롭고 낭만적인 애상이 차차 가시고, 고독한 사람의 내적인 갈등과 고뇌를 노래한 것이 많다. 그리고 무상과 우수의 극복을 위한 사랑을 주제로 삼고 있다.

5.《화가의 시》(1920)

헤세의 수채화를 원색으로 곁들인 열 편의 시를 수록하고 있다. 헤세의 그림은 상당한 수준이라는 것이 정평인데, 그가 그림을 그린다는 것은 세속사와 의무에서의 탈출을 의미한다. 그러므로 그의 그림에는 사람이 전혀 나오지 않는다. 인물화를 그리지 않았을 뿐만 아니라, 풍경화에도 인물이 나오지 않는다. 모두가 수채화이며, 구름과 산과 물과 수목 등이 단순화된 선과 색채로 표현되어 있다. 투명한 순수라 할 수 있다. 이러한 그림은, 그림을 그리기 위해서가 아니라 하나의 시작詩作 행위로서 그려진 것이라는 데 의의가 있다.

6.《시선집》(1921)

지금까지 나온 시집에서 추린 것이다. 초기의 시를 많이 수록하고 있다.

7. 《위기》(1928)

4×6배판의 대형 판본에 큼직한 활자로 인쇄한 45편의 시를 수록하고 있다. 예술 작품이라 하기에는 자기의 추악함을 너무나 가차 없이 폭로하고 있는 면이 강하다. 그의 소설 《황야의 늑대》를 연상케 한다. 그래서인지 이들 시 중에서 그의 《전시집》(1942)에 재수록된 것은 16편뿐이며, 나머지는 제거되었다.

8. 《밤의 위안》(1929)

1911년 이후의 시를 모은 중요한 시집이며, 격동에서 원숙에 이르는 시기의 서정적 결실이다. 자기실현을 내면으로 가는 길에서 추구하고 있는데, 그 내면성은 자기 폐쇄적인 좁은 것이 아니고, 신을 내포하는 무한한 넓이에 이르고 있다. 그리하여 가을과도 같은 드맑은 체념을 〈파랑나비〉에서 보듯이 담담하게 노래하고 있다.

9. 《계절》(1931)

자가판.

10.《생명의 나무에서》(1934)

그때까지의 시에서 헤세가 자선한 시선집.

11.《새 시집》(1937)

헤세의 많은 시집 중에서 기둥이 되는 중요한 시집은《젊은 날의 시집》,《고독한 사람의 음악》,《밤의 위안》, 그리고 1929년 이후의 시를 모은 이《새 시집》이다. 이 시집은 헤세의 환갑을 기념하는 것이면서 동시에 시집으로서의 마지막 이정표가 된다는 점에서 특히 중요하다.

헤세의 시는 초기에는 감상적이고 낭만적이며 동시에 음악적이었으나《밤의 위안》부터는 회의적이며 때로는 자학적인 색채가 짙다. 그리고 이《새 시집》에서는 인생의 무상에 대한 동양적인 관조, 서구 문명에 대한 실망에서 오는 초현실적인 지향 등이 나타나 있다. 그러나 인생의 무상과 현실의 혼란에 절망감을 느낄 때도 불멸의 정신과 영원한 삶에의 신념은 잃지 않고 있다.

12.《시 10편》(1940)

자가판. 유럽에서는 적은 부수의 자가판 시집을 만들어서 가까운 친지들에게 기증하면, 각자 자신에 상응하는 답례를 하는 것이 관례가 되어 있다. 이 경우 대개 금전적인 답례를 하는데, 이것은 시인의 생계를 위한 한 방편이기도 하다.

13. 《꽃피는 나뭇가지》(1945)
세 번째 시선.

14. 《만년의 시》(1946)
자가판.

15. 《두 개의 목가》(1952)
헤세가 75세가 된 해를 기념하여 간행되었다. 장시 두 편을 수록하고 있다.

16. 《단계》(1961)
헤세가 자선한 시선집의 결정판.

17. 《전시집》(1942)
1942년 이전의 시를 거의 모두 수록한 것이다. 처음에는

605편이 수록되었으나 매년 조금씩 증보되어 헤세의 사후에 완결본이 되었는데, 주어캄프Suhrkamp 출판사의 1957년판 헤세 전집 제5권에는 628편이 수록되어 있다.

이상으로 헤세 시의 윤곽이 잡힌 줄로 안다. 그러므로 더 이상의 설명은 필요치 않을 것이다. 하나 참고로 덧붙이자면, 헤세 시의 특성은 방랑성과 탐구성에 있다는 것이다. 이 점을 유의해 헤세의 시를 읽는다면 쉽게 이해할 수 있을 것이다.

어릴 때부터 시인이 되는 것이 헤세의 유일한 염원이었다. 그리하여 그는 길잡이 없는 위험한 길을 홀로 헤쳐 나와서 필경에는 시인이 된 것이다. 물론 여기에서 시인이라고 하는 것은 시를 쓰는 사람이라는 뜻만은 아니고 훌륭한 문학 작품을 쓰는 사람이라는 뜻도 포함한다.

그의 어머니의 일기에 따르면, 헤세는 다섯 살 때 벌써 시구 같은 것을 만들어서는, 밤에 잠자리에서 그것을 노래하는 일이 자주 있었다고 한다. 그러므로 그가 후에 대성한 것은 우연이 아님을 알 수 있다. 그는 선천적인 시인이었던 것이다.

옮긴이 **송영택**

서울대학교 문리과대학 독문과를 졸업하고
서울대학교 강사로 재직했으며, 시인으로 활동하면서
한국문인협회 사무국장과 이사를 역임했다.
저서로는 시집《너와 나의 목숨을 위하여》가 있고,
번역서로는 괴테《젊은 베르테르의 슬픔》,《괴테 시집》,
릴케《말테의 수기》,《어느 시인의 고백》,《릴케 시집》,《릴케 후기 시집》,
헤세《데미안》,《수레바퀴 아래서》,《헤르만 헤세 시집》,
《헤세, 사랑이 지나간 순간들》,
힐티《잠 못 이루는 밤을 위하여》, 레마르크《개선문》 등이 있다.

헤르만 헤세 시집

1판 1쇄 발행 2013년 5월 20일
2판 1쇄 발행 2018년 1월 10일
2판 6쇄 발행 2024년 4월 1일

시·그림 헤르만 헤세 | 옮긴이 송영택
펴낸곳 (주)문예출판사 | 펴낸이 전준배
출판등록 2004. 02. 12. 제 2013-000360호 (1966. 12. 2. 제 1-134호)
주 소 04001 서울시 마포구 월드컵북로 21
전화 393-5681 | 팩스 393-5685
홈페이지 www.moonye.com | 블로그 blog.naver.com/imoonye
페이스북 www.facebook.com/moonyepublishing | 이메일 info@moonye.com

ISBN 978-89-310-0738-1 03850